Rabos Taponados:
La historia de una perra sin cola llamada Sagebrush

Sagebrush y el cálido descubrimiento de la primavera

Joni Franks

Translated by Yvette Soto.

Fecha de rev.: 07/30/2019

Para solicitar copias adicionales de este libro, comuníquese con:
Xlibris
1-888-795-4274
www.Xlibris.com
Pedidos@Xlibris.com

Todos tenemos el poder de transformar el mundo con el ejemplo.
Al enseñar lecciones de vida como aprender a compartir y tener respeto
por la Madre Tierra.
Nos esforzaremos por ser lo mejor de lo que somos y en lo que podemos
llegar a ser.
Al cambiar el mundo, un corazón a la vez.

Sagebrush sintió que el mundo se había ido a dormir y que ella era la única despierta mientras miraba por la ventana de la cabaña pequeña en las Montañas Rocosas a la que llamó hogar. El sonido de la nieve húmeda cayendo era tan silencioso como plumas que aterrizan en el suelo como el paisaje mágico de las Montañas Rocosas y la ganadería quedaron envueltas en una manta de nieve blanca. La perrita se quedó inmóvil, hipnotizada por el ingrávido copos de nieve girando a través del aire fresco y frío. Sus fosas nasales se crisparon ligeramente, olfateando el olor de la preparación de café caliente, lo que señaló que la joven señorita estaba despierta y lista para comenzar un nuevo día. "Buenos días, pequeña", saludó la joven señorita a la perrita. Ella dió unas palmaditas en el asiento de su silla favorita, indicándole a Sagebrush que se uniera. En un salto, Sagebrush se instaló junto a su amada dueña como las dos miraron por la ventana de la pequeña cabaña de montaña. La señorita tomó un sorbo de su café caliente, acariciando el pelaje de la perrita mientras disfrutaron de la quietud de la cabina y la silenciosa nieve que caía. Ellas les encantaban comenzar el día juntas en la hora antes de que saliera el sol. Deslizándose suavemente en el día que vendría a ser.

"¿Qué dices para dar un paseo esta mañana, Sagebrush?" La joven señorita le preguntó a su perrita mientras terminaba su taza de café. "Esta es una hermosa mañana para que demos un paseo antes de que los demás estén despiertos". Sagebrush saltó rápidamente de la silla que había compartido con la joven señorita, estirando sus pequeñas piernas cortas y abriéndose paso hacia la puerta principal.

"¡Vamos!" Sagebrush chilló. Cuando la joven señorita recogió su sombrero, abrigo y guantes, ella permaneció tan tranquila como pudo para no despertar a Maverick y Ginger, los padres de Sagebrush, que todavía estaban dormidos en una alfombra frente al fuego. Era de amanecer, y el primer indicio ligero de la luz de la mañana iluminó un camino. Cuando la joven señorita y Sagebrush se pusieron en marcha por la mañana, el sonido de la nieve crujía bajo las botas de la joven señorita. Era el sólo sonido que podía escucharse cuando una fina capa de hielo se rompió debajo de ella. Pies, dejando un camino de huellas desde la puerta de la entrada. Sagebrush estaba rompiendo un camino justo adelante, usando su cuerpo como un quitanieves.

Más profundo en el bosque, las pequeñas personas conocidas como los Shun están activamente comenzando su día también. Los hermanos del pino, Needle Pine y Knotty Pine, se habían levantado temprano de su cama en un agujero de árbol cerca de los manantiales calientes. Pine Needle y Knotty Pine se habían trasladado a los hermosos manantiales cálidos después de que su árbol viejo en su hueco hogar había sido derribado por las gigantescas máquinas cortadoras de árboles. Huyendo de su patria, habían viajado hasta que descubrieron el calor natural, manantiales de agua mineral escondidos en lo profundo de las Montañas Rocosas.

Estaban bastante seguros de que habían encontrado el paraíso. Needle Pine y Knotty Pine recordaron aquel día como si fuera ayer. Justo cuando estaban convencidos de que nunca encontrarían otro árbol hueco al que llamar. En casa, tropezaron con la piscina de colores cálidos como el arco iris. Un centro de color aguamarina con bordes azules más claros apareció con nubes de vapor que se elevan del agua caliente, formando carámbanos en el gigante. Pinos que bordeaban los manantiales. "¡Es una utopía!" Pine Needle le susurró a su hermano, Knotty Pine. "¡Paraíso!" Respondió Knotty Pine.

Los dos habían quedado asombrados por su descubrimiento mágico. Una variedad De la vida vivida alrededor de las fuentes termales. El berro prosperó en el calor escorrentía, que a su vez proporcionaba alimento para otras formas de vida. Las salamandras de patas largas, que solo miden unos centímetros, se pueden ver nadando a lo largo de los bordes del agua mineral azul brillante.

"Podríamos tener nuestro hogar aquí", dijo Knotty Pine a su hermano. "Hay un montón de berros para comer, y el agua caliente será perfecta para nuestro amigo Cedar Pollen. "¡A Cedar Pollen le encantará aquí!", Respondió Pine Needle. Cedar Pollen era un Shun diminuto como Pine Needle y Knotty Pine.

La diferencia entre ellos era que Cedar Pollen sufrió fiebre del cedro, que ocurrió cuando los árboles de enebro polinizaron y el polvo naranja-marrón del polen comenzó a soplar por el aire.

El pobre Cedar Polen sufrió malestar por el polvo de polen que desencadenó la reacción de la secreción nasal y los ojos llorosos e irritados, junto con estornudos y dolor de garganta. El único alivio que pudo obtener Cedar Pollen fué de té de pino hecho con agua tibia y agujas de pino. "Nunca nos quedaremos sin té de pino aquí", dijo Knotty Pine, mirando los magníficos pinos y el agua caliente y humeante. Así que Pine Needle y Knotty Pine llevaron a su buen amigo Cedar Pollen a las fuentes termales medicinales para curar la fiebre que el sufrió.

En esta mañana de montaña, Pine Needle y Knotty Pine estaban en sus travesuras tempranas, mientras que Cedar Pollen se mantuvo caliente y tostado en su cama hueca de árboles. Los dos habían aprendido a surfear en las espaldas de las salamandras, deslizándose a través de la hermosa agua caliente inmóvil. Las salamandras estaban felices de participar en estas travesuras de surfear con su recién amigos descubiertos. Los Shuns se rieron alegremente como las salamandras de dedos largos.

Los entregué a salvo a tierra. "¡No hay nada mejor que navegar un poco por la mañana!" Pine Needle se rió entre dientes cuando los hermanos se apartaron de las espaldas de las salamandras, y en el suelo, los dos comenzaron la tarea de juntar agujas de pino y recogerlas. Pequeñas tazas de agua tibia de los manantiales calientes para hacer el codiciado té de pino sicle. Marcharon hacia el hueco del árbol con tazas de té. En la mano por el enfermo de Cedar Pollen.

"Achoo!" Este fué el saludo que recibió Pine Needle y Knotty Pine al llegar al hueco del árbol de Cedar Pollen. Cedar Pollen incorporó su voz porque se sentía áspera en su garganta. "Entra", jadeó.

"¡Achoo!" Estornudó de nuevo. El agua corría desde las esquinas de sus ojos. "Te trajimos té de pino, Cedar Pollen", dijo Pine Needle, entregando a Cedar Pollen la diminuta copa. "Adelante, bébelo mientras aún está caliente", insistió Pine Needle. "Gracias", Cedar Pollen susurró mientras el té cálido con aroma a pino y el olor llenaba el hueco del árbol. Mientras Cedar Pollen sorbía con gratitud su té de pino, él y sus amigos nunca podrían haber adivinado que estaban siendo observados desde lejos. El Sr. Logger entrecerró los ojos con desdén, mirando la escena delante de él desde su escondite detrás de los pinos. Fueron sus ojos jugando trucos sobre el? "¿Qué demonios son esos seres?", preguntó sin nadie a quien escúchalo. "¿Y qué piensan ellos que están haciendo, merodeando por mis muelles?"

El Sr. Logger había pasado toda su vida conduciendo las gigantescas máquinas de cortar árboles. Eso fué hasta aquel desafortunado día en que se rompió la rama de un árbol y se cayó de un árbol y aterrizó directamente en su pierna. Ahora Sr. Logger caminaba con una cojera.

No siempre había sido así para el Sr. Logger. Cuando él era joven, había sido vibrante y había sido un ejemplo perfecto de buena salud. Le encantaba el aire libre y trabajar con maquinaria. Era una bestia robusta de la madera en su juventud, conduciendo las gigantescas máquinas para cortar árboles durante el día y por la noche, viviendo en el campamento de madera compartido por otros madereros dentro de poca distancia del trabajo. Desde su lesión, ya no podía conducir las máquinas de cortar árboles, y con la pérdida de su trabajo, ya no podia vivir en el campamento de madera con los otros madereros.

Encontrándose sin hogar, El Sr. Logger viajó por el bosque profundo por algún tiempo antes de que tropezara con las fuentes calientes encantadas. Sintió que tenia encontrado el cielo. Remojar sus huesos viejos en el agua tibia calmó sus músculos tensos y sus huesos doloridos. Por eso, él podría vivir allí para siempre. Es decir, si pudiera mantener en secreto los manantiales calientes. Se había sobresaltado por su descubrimiento temprano en la mañana de los Shuns. Había observado en secreto mientras navegaban en las salamandras y observaban cómo entregaban el té a su amigo enfermo.

El Sr. Logger se enfureció tanto que marchó audazmente de su escondite directamente hacia el hueco del árbol donde estaban los Shun bebiendo té "¡Les mostraré! Este no es lugar para una fiesta de té. ¡Pequeñas criaturas tontas! Fué Cedar Pollen quien vió al viejo cojeando acercarse primero. Desde su cama en el hueco del árbol, su taza de té comenzó a estrellarse contra el platillo que lo sostuvo mientras temblaba de miedo ante el hombre gigante que se avecina en frente de su casa.

Pine Needle y Knotty Pine pudieron sentir el aliento caliente del Sr. Logger en la parte posterior de sus cuellos mientras se giraban lentamente hacia la abertura del agujero del árbol. "¿Qué estás haciendo ahí dentro?", Gritó el señor Logger. "¿No sabías que esto es propiedad privada? Mi propiedad privada! Eso me pertenece!" Pine Needle y Knotty Pine salieron audazmente del hueco del árbol, seguido por Cedar Pollen, que parecía gravemente enfermo. "¡Saludos!" Comenzó Pine Needle, sonando más valiente de lo que él sentía. "Soy Pine Needle, y este es mi hermano, Knotty Pine. Somos hermanos, y este es nuestro amigo Cedar Pollen". "¡No me importa cuáles son sus nombres!", Dijo el Sr. Logger mientras apretaba sus dientes. "¡Esto es propiedad privada, y ustedes están invadiendo!" "Fuimos desplazados por las máquinas gigantes de corte de árboles, Sr. Logger. Por innumerables generaciones, hemos hecho nuestros hogares en los huecos de árboles. Eso es hasta que las máquinas de corte de árboles nos robaron nuestros hogares. Buscamos por un tiempo antes de encontrar un nuevo hogar aquí en los manantiales calientes. El Sr. Logger quedó momentáneamente aturdido, pensando que había pasado toda su vida conduciendo las máquinas que habían dejado a los Shuns sin hogar. "No puedes vivir aquí.

Vivo aquí, y no voy a compartir esto. ¡El lugar con gente como ustedes tres! ", gritó Mr. Logger Man. Needle Pine se rascó la cabeza. "¿Estás diciendo que eres Madre Tierra?" "¿Qué?", Preguntó el señor Logger.

"No sabía que alguien pudiera poseer realmente a la Madre Tierra. Pensé que toda la vida compartió la Madre Tierra por igual ", exclamó Pine Needle. "¡No seas inteligente conmigo! Yo estaba aquí primero.

Necesito estos manantiales calientes para remojar mis huesos doloridos. Y no voy a dejar por la gente pequeña. ¡Dime lo que puedo y no puedo hacer! "Nos damos cuenta de que ha estado aquí por mucho tiempo, Sr. Logger. Tú puedes pensar porque usted es mayor de lo que merece estar aquí más que nuestro amigo Cedar Pollen, "dijo Knotty Pine. Cedar Pollen miró tristemente al señor Logger con sus ojos. "¿No podemos vivir todos juntos en armonía y paz?" Cedar Pollen jadeaba. "¡Eso es!" Exclamó el viejo. "Estoy construyendo una cerca alrededor del manantiales calientes para mantenerte fuera! "El Sr. Logger sacudió su bastón a los shuns "Solo porque soy viejo, ¡no creas que no puedo hacerlo! He trabajado duro en estos bosques toda mi vida, y merezco tener estas fuentes termales. ¡Todas para mi!" Cuando el Sr. Logger se hizo más fuerte, los tres Shuns se estremecieron. Sus palabras traspasaron sus oídos y sus corazones.

"Voy hacer la mejor cerca. Será tan alta que los pequeños shuns posiblemente no pueden trepar. Pondré las estacas de la cerca tan profundamente en el tierra que no pueden cavar debajo. Voy a colocar los postes de la cerca tan apretados juntos, que tampoco se pueden desapretar", proclamó.

"¡Ni debajo ni más ni por medio irás!" Los aterrorizados Shuns estaban horrorizados por el comportamiento del Sr. Logger. Sin palabras, lo vieron mientras se giraba rápidamente, agarró el hacha, la llevaba alrededor de su cintura, luego cojeaba hacia unos pequeños arboles que comenzó a derribar para usarlos en la construcción de la cerca.

La joven señorita y Sagebrush todavía estaban en su paseo matutino. Sagebrush estaba cavando felizmente a través de la nieve con su nariz y arrojándola al aire, ladrando mientras la nieve caía sobre ella y el terreno. La joven señorita se rió para sí misma mientras observaba la perrita sin cola hacer un espectáculo con la nieve. El momento alegre se rompió cuando la joven señorita escuchó una voz fuerte justo delante. "¡Artemisa! ¡Silencio! —Susurró la joven señorita con autoridad. Sagebrush dejó de ladrar y corrió hacia el lado de la joven, sus orejas aguzándose, esforzándose para oír. Ella miró a su dueña para dirección sobre qué hacer a continuación. "Parece que alguien está muy enojado, Sagebrush", dijo la joven señorita. Caminando hacia la voz elevada, tirando un pino con su mano, Sagebrush y la joven señorita ahora podrían claramente ver la escena delante de ellas.

Un anciano encorvado gritaba y agitaba su bastón en el aire a los tres Shuns temblando y asustado. Por alguna razón, cojeaba unos pocos pies de distancia y comenzó a talar vigorosamente árboles pequeños con un hacha que llevaba alrededor de su cintura. Estaba amontonando los árboles en una pila, Todavía gritando en voz alta a los Shuns todo el tiempo. "Vamos a ver si podemos ayudar", dijo Sagebrush, mirando profundamente en los ojos de la joven señorita para ver si estaba de acuerdo.

Deslizándose a través del árbol pino, los dos se acercaron. Los Shuns los vieron primero. Sr. Logger seguía golpeando los postes de la cerca que estaba haciendo, murmurando a él mismo. "¡Buenos días!" gritó Sagebrush. Los sorprendidos ojos de los Shuns se hicieron aún más grandes, y el Sr. Logger giró casi a corta distancia, su hacha se mantuvo en alto escuchando "¿Hemos interrumpido algo?" Preguntó la joven señorita al viejo maderero. "¿Quién eres?", Se quejó el señor Logger. "Soy Sagebrush", respondió Sagebrush felizmente. "Y esta es la joven señorita. Vivimos juntos en la ganadería. "¡Simplemente no puedo tomar un descanso!" El viejo suspiró. "He encontrado la utopia aquí, pero nunca podré disfrutarlo si la gente sigue apareciendo ¡arriba por todas partes! "Él entrecerró los ojos y miró a la joven señorita y artemisa. "Estábamos saliendo a dar un paseo por la mañana en la nieve. Nosotros ciertamente no pretendíamos arruinar su día ", Sagebrush chilló.

Un silencio cayó sobre el grupo. Nadie sabía qué hacer a continuación. El silencio se rompió cuando Cedar Pollen comenzó a toser incontrolablemente. Sus ojos estaban hinchados, y su nariz estaba roja. Aunque solo era unas pocas pulgadas de alto, de repente parecía aún más pequeño.

Sagebrush miró con preocupación hacia el pequeño enfermo Shun. "¿Puedo hacer algo para que te sintieras mejor? "Está sufriendo de fiebre de cedro. Sucede todos los años cuando el polvo de cedro se cae de los árboles", dijo Pine Needle. "Soy Pine Needle, y este es mi hermano, Knotty Pine. Estabamos sin hogar porque las máquinas gigantes de corte de árboles no dejaron sin hogar, hasta que encontramos este lugar magnifico. Trajimos a nuestro amigo Cedar Pollen aquí para que él pudiera consumir el té de pino sicle. Es lo único que tranquiliza a su fiebre del cedro. Pensamos que habíamos encontrado nuestro hogar para siempre donde podría cuidar adecuadamente a nuestro amigo, pero el Sr. Logger dice que no podemos permanecer. Este lugar le pertenece a él. "¡Eso es correcto!", Respondió el Señor Logger. "Si no se van, voy a cercar todo este lugar para mantenerlos fuera ¡Salgan de aquí!" Sagebrush caminó con confianza hacia el viejo Logger. "¿Por qué no pueden quedarse los Shuns, Sr. Logger? Ellos obviamente no tienen a donde ir, Cedar Pollen necesita el agua medicinal del té de pino sicle para mejorar. ¿No puedes compartir tu espacio con ellos? "preguntó Sagebrush.

Bueno, al Sr. Logger no le gustó esto en absoluto. Escupió en el suelo y pateó la tierra con su pie bueno. "Les dije, y ahora te lo digo, perrita. Este lugar es mío y los estoy cercando. ¡Ahora! —Gritó.

"¿Por qué sientes que necesitas una cerca cuando nunca existió una cerca antes?"preguntó la joven señorita. "Me parece que los recursos de la Madre Tierra es para compartir con los demás y tú estás tan ansioso por construir ". El Sr. Logger miró a la joven señorita y su perrita. "Los recursos de la Madre Tierra estaban destinados a ser compartidos entre todas las Criaturas, no solo para algunos. Estás usando tu poderosa voz y tu cuerpo más grande para asustar a estos pequeños Shuns lejos de lo que no es tuyo solo ", continuó la joven señorita. Sagebrush miró hacia la creciente pila de ramas de árboles del Sr. Logger. El hombre había estado cortando para construir su cerca. "¿Ya no se han cortado suficientes árboles, Señor Logger?" Sagebrush lo cuestionó. Deberías saberlo más que nadie. Después de todo tu pasastes toda tu vida cortando los árboles que los Shuns una vez hicieron sus casas en. Ahora están sin hogar, igual que tú ". El Sr. Logger miró hacia el suelo cuando la perrita mencionó las palabras sin hogar.

La Joven señorita y Sagebrush se miraron, viendo la tristeza en los ojos del Señor Logger. "¿Por qué no puedes compartir la tierra con los Shuns?" Preguntó Sagebrush encogidamente. "Todos necesitamos a la Madre Tierra para sobrevivir. ¿Estás de acuerdo, Needle Pine?"Pine Needle asintió con la cabeza, sí.

"Todos jugamos un papel como cuidadores de la Madre Tierra, Sr. Logger. ¿No deberíamos aprender a ser preservadores en lugar de simples usuarios? ¿No se han talado suficientes árboles? ¿No hay suficientes casas? "Sagebrush preguntó suavemente. El Sr. Logger gimió pesadamente, abruptamente sentándose en un cercano tocón de árbol. De repente se sintió muy cansado. Los hermanos Pine Tree no sabían qué hacer. ¿El viejo maderero iba a permitirles volver en el hueco de su árbol donde podrían cuidar a su amigo enfermo? Sagebrush caminó silenciosamente hacia el anciano muy gentilmente, lamiendo su mano y lo miró directamente a los ojos. "Los que viven en el cielo, el agua, las criaturas del bosque y todas las demás formas de vida dependen de la Madre Tierra para vivir. ¿No puedes encontrar en tu corazón compartir este espacio con los shuns? Ni siquiera necesitas una valla vieja ", susurró Sagebrush. El Sr. Logger comenzaba a sentirse avergonzado de cómo había actuado más temprano.

Exhaló pesadamente, pensando en su vida y en cuántos árboles había reducido a lo largo de los años.

"Mis disculpas", dijo el Sr. Logger. Lágrimas ahora se formaron en las esquinas de sus ojos. "¿Eso significa que podemos quedarnos?" Preguntó Knotty Pine tímidamente.

"Puedes quedarte". El Señor Logger miró a los Shun con cautela. Los ojos del viejo ahora estaban viendo. Su corazón era más puro al prestar atención a las palabras de la sabiduría de la perrita. Se sintió un poco más ligero al ponerse de pie, tal vez incluso un poco más recto de lo que su cuerpo previamente doblado había permitido. "¿Así que tenemos un trato?" La joven señorita sonrió gentilmente al anciano.

"Compartirás los manantiales calientes con los Shuns, permitiéndolos gratis acceso al té de pino que proporciona alivio al polen de cedro. "Lo haré". El anciano miró a los asustados Shuns. "Supongo que todos podemos intentar vivir aquí juntos "."¡Espectacular!" Chilló Sagebrush. "¿Podemos ir a los manantiales calientes ahora? —le preguntó a la joven señorita. "¡Por supuesto!", La joven señorita respondió alegremente.

Mientras la joven señorita y Sagebrush observaban desde el borde del hermoso manantial cálido, se sonrieron alegremente la una a la otra, sabiendo que había desempeñado un papel en la transformación del anciano. Pine Needle y Knotty Pine se habían subido a los dedos largos de las espaldas de las salamandras, equilibrando su peso sobre las criaturas diminutas como navegando por las tranquilas aguas de las cálidas aguas termales. Sr. Logger se había quitado las botas y los calcetines y se había enrollado las piernas del pantalón mientras el agua de noventa y ocho grados calmaba los músculos doloridos y su pierna dañada, Una expresión de alivio y una leve sonrisa aparecieron en su rostro. Cedar Pollen había llenado su pequeña taza de té con el agua medicinal. El vapor se elevaba de la taza mientras agregaba las agujas de pino y sorbía el té curativo de pino sicle, tomando su lugar junto al Sr. Logger. Ahora sentados lado a lado, los dos compartieron el alivio del calor del agua calmante.

Sagebrush y la joven señorita vieron felizmente esta hermosa escena, sabiendo que habían traído la paz y la lección de compartir a los Shuns y el Sr. Logger. Cuando las dos se volvieron hacia la hermosa ganadería y a su cabaña de montaña, sus corazones estaban en paz, sabiendo que habían hecho una diferencia en el mundo. La lección de compartir la Madre Tierra. Los preciosos recursos de la Madre Tierra habían sido escuchados. La idea de construir una valla tenia olvidado como las criaturas compartieron las maravillas de la Madre Tierra uno con el otro. Habían presenciado un extraordinario, inexplicable evento. Juntos, estaban cambiando el mundo, un corazón a la vez. Los eventos de cuento de hadas pueden ocurrir en cualquier lugar, incluso en las orillas de los manantiales cálidos encantados en lo profundo de las Montañas Rocosas.

Hasta la proxima vez.

Printed in the United States
By Bookmasters